El detective que me sigue

HOTEL PARADISO #6

Primera edición: Septiembre 2022

El detective que me sigue

Hotel Paradiso #6

Elsa Tablac

CAPÍTULO 1

LIAM

Recogí la tarjeta que me extendió la recepcionista sobre el mostrador. Me fijé en el nombre inscrito en la placa sobre su chaqueta. Kayla. Le sonreí y cuando ella me devolvió la sonrisa intuí que el personal del hotel no me supondría ningún obstáculo para hacer mi trabajo. Me coloqué de nuevo las gafas de sol.

—Le deseo una muy agradable estancia en el Paradiso, señor Fred Moore.

Me llamó la atención que utilizase nombre y apellido para dirigirse a mí.

—Gracias, Kayla. ¿Sabes cuándo empezarán a llegar el resto de asistentes?

Consultó la pantalla de su ordenador, aunque me dio la impresión de que lo sabía perfectamente.

—En unas dos horas.

—Tengo tiempo para familiarizarme con el entorno, entonces.

—¡Cuidado con eso! Si se anima a disfrutar de nuestras instalaciones tal vez se olvide de acudir al congreso.

Me reí.

—No me cabe la menor duda. Extremaré las precauciones. Gracias de nuevo.

Me perdí por el pasillo que daba acceso a las habitaciones. Me venía perfecto que los participantes en el congreso aún no hubiesen llegado. Eso me dejaba tiempo para reconocer el terreno y habituarme a la humedad caribeña.

Llegué a la habitación 1022, la que me había asignado Kayla, y entré. Dejé mi pequeña maleta junto a la cómoda y observé la gigantesca cama tamaño *queen size*. Lo primero que pensé es: *menudo desperdicio venir aquí solo*.

Después salí disparado hacia el balcón. Abrí las puertas y la brisa marina me envolvió. A veces mi trabajo no está tan mal. Aunque con aquel escenario y aquel mar de color turquesa iba a tener que hacer un esfuerzo consciente para recordar que no estaba en las Bahamas precisamente de vacaciones.

Entré de nuevo en la habitación, me senté en la cama y saqué el ordenador portátil de la maleta. Ya me habían advertido que el Hotel Paradiso era precisamente un "paraíso sin Wi-Fi", así que me había ocupado de descargar toda la documentación que necesitaba para el encargo en el aeropuerto de Nassau.

Mi nombre, en realidad, no es Fred.

Bueno, no es así. Frederick es mi segundo nombre. William Frederick Moore, para ser exactos.

Pero todos mis amigos me llaman Liam.

Cuando trabajo, en cambio, me presento simplemente como Fred. Soy detective privado. Uno de los mejores detectives privados de Nueva York.

En un tiempo hubiese añadido "está fatal que yo lo diga". Pero la cuestión es que es cierto.

En cualquier caso, aquí debo ser Fred.

Apoyé la cabeza en el cabecero de la cama y traté de ignorar el hipnótico sonido del mar. Era duro haber recalado en ese espectacular hotel y no poder disfrutarlo de pleno. ¿Cuándo era la última vez que me había tomado unas vacaciones reales? Y no me refiero precisamente a esos días posteriores a la resolución de un caso en los que me derrumbo en la cama y recupero todo el sueño perdido. Me refiero a unas vacaciones de verdad. Con palmeras, surf y un buen gin-tonic al acabar el día.

No me acordaba.

¿Tres años?

De todas formas, y a pesar de estar en las Bahamas, eso iba a tener que esperar; porque estaba allí exclusivamente para hacer un seguimiento a Beverly Gould.

La señorita Gould era la principal ponente, la invitada estrella, del congreso sobre Salud Mental y Redes Sociales que iba a tener lugar en aquel resort de las Bahamas al día siguiente.

No sabía nada de Beverly; ya que estaba prácticamente encadenando un caso con otro. No había tenido tiempo de leerme la documentación previa que había preparado mi equipo y que generalmente me entregaban en un dossier impreso. Esa vez iba a tener que conformarme con unos simples archivos PDF.

Hacía justo dos días que había entregado mi informe acerca del *affaire* que mantenía un alto cargo de Naciones Unidas a espaldas de su esposa, y en cuanto supe que no tendría que investigar a la señorita Gould por un asunto de infidelidades acepté el encargo enseguida. Una gran parte de mi trabajo como detective consiste en perseguir cuernos. Es agotador. Las relaciones son complicadas, lo entiendo; pero personalmente no soporto ese tipo de traiciones. El principal motivo por el que me mantenía soltero era no tener que destrozar a nadie con mis frecuentes devaneos.

Me gustaban las mujeres, pero no podía permitir que una relación se extendiese más de la cuenta y entorpeciera mi trabajo. Las chicas que pasaban por mi vida no se quedaban en ella más de dos meses, y esas eran las relaciones perfectas para mí. En cuanto había que dar un paso más y formalizar las cosas, solía retirarme de la ecuación. Desaparecer del mapa. Mi hermano Luke, recién casado, solía reírse de mí. *Cuando aparezca la mujer correcta serás tú el que intente echarle el lazo lo antes posible*, decía.

Y yo no tenía la menor idea de qué me estaba hablando.

Hasta que abrí la carpeta del caso Gould. Y apareció ella, en aquel ridículo archivo PDF, iluminando la pantalla de mi portátil.

Beverly.

En cuanto vi su foto supe que jamás tendría que haber aceptado ese caso. Era un auténtico sueño, una belleza inabarcable. Rubia, con contundentes curvas, ojos brillantes y oscuros que no podían esconder su vitalidad ni detrás de las gafas que siempre llevaba. Abrí la carpeta que contenía más imágenes. Habían sido tomadas hacía solo unos días en Nueva York. Beverly aparecía en varias situaciones: hablando a través de su móvil, a través de la ventana de una cafetería, tecleando en su portátil, en compañía de un grupo de chicas...

Era periodista y estaba especializada en tecnología. Abrí el documento que resumía brevemente su trayectoria profesional. Brillante. Había trabajado en casi todos los grandes medios. El listado de cabeceras era impresionante, y eso que solo tenía veintinueve años: CNN, New York Times, Gawker, Vice, New Yorker... Actualmente era una periodista independiente y estaba trabajando en un libro en el que, supuestamente, desmontaba los más terribles secretos de algunas de las grandes empresas tecnológicas de Silicon Valley. Es decir, mis clientes.

La gente que me había contratado quería saber exactamente el contenido de ese libro. Sin más. Yo no era ningún ladrón de guante blanco. Solo tenía que charlar con ella, ganarme su confianza, averiguar sobre qué o quién iba a escribir exactamente. Esa era la forma complicada. La sencilla sería usar malas artes y, simplemente, robar el documento en el que estaba trabajando. Hacer una copia.

Eso, obvio, podría causarme más de un problema legal, pero estaba dispuesto a hacerlo si significaba que me quitaría aquel encargo de encima mucho más rápido. Pero después de ver aquellas fotos, iba a acercarme a ella. Por supuesto que me acercaría.

Beverly Gould había sido invitada para dar una conferencia al día siguiente en el hotel. En principio no tenía por qué hablar de su libro. Tan solo acudía en calidad de periodista experta en tecnologías. Mi cliente, de quien no conocía el nombre y que se había presentado en todo momento como un intermediario de un conglomerado de empresas de Silicon Valley, había insistido en la importancia de conseguir averiguar el contenido del libro durante aquel paréntesis en las Bahamas. En Nueva York, me había dicho, me sería imposible. Beverly vivía semi-recluida en aquellos meses en los que trabajaba durante largas jornadas en su manuscrito. A veces se la veía en público, en compañía de algunas de sus amigas o en algún café de Brooklyn, pero un acercamiento en esas situaciones sociales iba a ser más complicado.

En las Bahamas, me habían indicado, todo sería más fácil, ya que "seguro que aprovecha para relajarse un poco, para distraerse". Además, viajaba sola.

—Acérquese a ella como si fuese simplemente alguien de vacaciones, tal vez interesado en la tecnología, y que casualmente se ha encontrado con aquella charla en el hotel. Gánese su confianza. Y consiga lo que le hemos pedido.

Interesado en la tecnología, o en ella misma.

El dinero que me ofrecían era suculento. Habría sido una locura decir que no. Pero algo me decía que acercarme a *miss* Gould no iba a ser tan fácil como yo había previsto.

Di un salto de la cama, abandonando el ordenador sobre la almohada. Si todo iba bien, no lo iba a necesitar en los siguientes días. Miré el reloj. Según mis cálculos el segundo catamarán de la mañana, en el que llegarían los ponentes del congreso tecnológico, llegaría al embarcadero de la playa de White Meadows en una media hora. Y para entonces yo ya debía estar listo, con mi atuendo playero, bien aposentado en un punto estratégico del hotel, esperando a que Beverly Gould recogiese la llave de su habitación.

El objetivo del día era averiguar su número de habitación, por supuesto. Y comprobar si aquellas fotos solo habían sido una perfecta ilusión óptica o Beverly Gould iba a ser la mujer que hiciese que me replanteara mi cuestionable política sentimental de los dos meses.

CAPÍTULO 2

BEVERLY

Entré en la recepción del Hotel Paradiso casi arrastrando la maleta. De repente había acusado todo el cansancio de los últimos meses, encerrada en mi apartamento en Brooklyn, trabajando intensamente en mi próximo libro.

En cuanto me propusieron aquel congreso en las Bahamas ni siquiera me lo pensé. *Es justo lo que necesitas, Gould. Súbete a ese avión, haz esa conferencia y oblígate a pasar unos días observando aves exóticas y surfistas. Aunque te lleves el ordenador, pero hazlo.*

Había estado a punto, solo a punto, de dejarlo finalmente en casa. Pero mi charla hubiese sido más difícil de desarrollar sin mis materiales habituales, que solía proyectar ante mi audiencia con PowerPoint. Así que me prometí que en cuanto terminase la ponencia cerraría el ordenador y me obligaría a tomarme un descanso de tres días.

Solo tres días. ¿Sería capaz? En Brooklyn no, desde luego. Era mi sitio, mi ciudad, y también exactamente el mismo sitio en el que me era imposible relajarme. Y después del vuelo, el trayecto en barco hasta la playa de White Meadows, y el pequeño paseo hasta la recepción me preguntaba seriamente si lo lograría.

Había un grupo en el mostrador que esperaba para recoger la llave de su habitación. Me detuve detrás de ellos, esperando, a unos metros de distancia. Eché un vistazo a mi alrededor.

Era un hotel espectacular. Haría un esfuerzo consciente por disfrutarlo. Al fondo a la derecha, estaba el acceso a las salas de congresos. Junto a la puerta había una mesa de admisiones, donde los asistentes entregarían los pases para el día siguiente. Reconocí a una de las dos chicas que la custodiaban. Era Asia Wellington, una de las organizadoras del 5º Congreso sobre

Algoritmos y Atención, en el que yo iba a ser una de las principales ponentes.

Inconscientemente me ajusté la gorra con la que me había protegido del sol desde que habíamos subido al catamarán que nos había traído a la playa de White Meadows. No me apetecía saludar a Asia en ese momento. No tenía ganas de ver a nadie, de hecho.

El grupo que estaba siendo atendido se retiró en ese instante, dejándome la vía libre. Me acerqué al mostrador. La sonrisa de la recepcionista era profesional y sincera al mismo tiempo, y de repente me relajé de nuevo. *Estás en el Caribe, Beverly*. Me fijé en el nombre que había sobre el cartelito de su pecho, aunque no soy una de esas personas que lo utilizarían si ella no se presenta expresamente.

Extendí mi pasaporte sobre la inmaculada superficie de madera oscura.

—¿*Check in*? —me preguntó ella.

Asentí.

—Bienvenida al Paradiso.

—Muchas gracias.

Tecleó mi nombre en el ordenador y enseguida me ubicó.

—Oh, señorita Gould. Viene al congreso.

—Sí, participaré en él mañana.

—Genial, perfecto. Debo informarle que le hemos concedido un *upgrade*. Se alojará en la suite Beverly.

—¿Suite Beverly?

Kayla, ese era su nombre, se rio.

—Se llama como usted. Exacto. No podía darle otra habitación. Veo que se va a quedar unos días más con nosotros.

—Cuatro noches, en principio. Me quedo a descansar unos días.

—Una idea perfecta.

Me hizo firmar un documento de admisión y después me dio una tarjeta que guardaba la llave magnética y los horarios de los comedores. No había contraseña Wi-Fi y en ese momento recordé que se suponía que era un sitio para desconectar. Y eso, inevitablemente, me recordó todo el trabajo y todas las investigaciones que estaba llevando a cabo en los últimos meses.

—Por supuesto, los participantes en el congreso tecnológico tienen acceso Wi-Fi. Imagino que necesita...

—En realidad, no, Kayla. Creo que estaré bien hasta mañana. Lo tengo todo preparado y me tomaré el resto de días libres, así que no voy a necesitar navegar por Internet.

—Perfecto. ¿Sabe que si lo desea también le podemos guardar su teléfono personal?

Eso iba a ser más complicado. Por el momento.

—Excelente política de desconexión —le contesté—. Creo que he venido al sitio...

—Disculpe.

En ese momento vi su mano. Grande, con la piel algo bronceada y cubierta de un fino vello oscuro. Deslizaba un bolígrafo sobre el mostrador en dirección a Kayla. En cuanto oí su voz profunda y varonil no pude hacer otra cosa que levantar la mirada para buscar la suya.

Y en ese momento sí deseé ser vista.

Era uno de esos hombres. Sabes exactamente a los que me refiero. Los que a la larga traen problemas. Los que son encantadores y te envuelven en sus redes, y sabes que llega el día en el que se esfumarán, pero no puedes ni quieres bajo ningún concepto salir de esa telaraña perfecta.

Era alto, moreno, con el cabello oscuro y algo ondulado. Algunos mechones caían desordenadamente sobre sus ojos verdes.

—Te lo devuelvo —le susurró a la recepcionista.

Echó un vistazo a la tarjeta que Kayla me había dado, y de ahí sus ojos saltaron a los míos. Mi sonrisa se reveló, automática e inevitable. Tal vez él la interpretaría como la de alguien que está a punto de empezar sus vacaciones. Yo simplemente le envié una señal silenciosa.

Oh, dios mío. Lo conozco.

Inclinó su cabeza a modo de saludo, como si Kayla y yo fuéramos nobles cortesanas. Ella cogió el bolígrafo y lo colocó de nuevo entre sus cosas. El silencio que se reveló en ese momento era la evidencia del impacto de aquel hombre.

—Gracias —murmuré—. ¿Puedo ir ya a mi habitación?

—Por supuesto. Ya está lista.

Me despedí de ella. Di dos pasos en dirección a la zona de las habitaciones. De repente me detuve y regresé al mostrador.

—Discúlpame, Kayla. He recordado algo. Me temo que sí voy a necesitar el acceso a Internet para preparar una cosa para mañana.

—Claro.

Me dio una nueva tarjeta y me la guardé en el bolsillo.

—Gracias.

—No dude en pedirnos cualquier cosa más que necesite, Beverly.

Ya no había necesidad de llamarme señorita Gould si resultaba que una de las *suites* estaba bautizada con mi nombre de pila. Vi cómo el hombre que se había acercado y que casi me había dejado sin respiración había regresado a donde estaba: uno de los enormes sofás de terciopelo oscuro que poblaban el vestíbulo del hotel.

Tenía que alejarme de él lo antes posible. Necesitaba que al menos hubiese una puerta cerrada entre nosotros. Y el motivo no era otro que sabía exactamente quién era. Solo necesitaba verificarlo, pero había un noventa y cinco por ciento de posibilidades de que aquel hombre fuese Fred.

Fred, el detective.

Un detective privado.

Lo primero que hice al llegar a mi habitación fue abrir las puertas de la terraza de par en par. Me molestaba que el corazón se me hubiese acelerado al verlo. Y me molestaba no haberlo reconocido en un primerísimo vistazo. Eso se debía, sin duda, a su atuendo. Estaba camuflado como un perfecto turista.

Fred. No recordaba su apellido. Pero Emma iba a poder decírmelo casi con total seguridad.

Me tumbé en la gigantesca cama y en ese momento fui consciente de la luz especial que bañaba aquel sitio. Pero lo de disfrutar del mar y la desconexión digital iba a tener que esperar un poco. Saqué mi teléfono móvil del fondo del bolso y tecleé un mensaje para Emma Holler, una buena amiga que vivía en el sur de Manhattan:

Necesito un pequeño favor. ¿Recuerdas cómo se llamaba el detective que contrataste para lo de Greg? Juraría que me he cruzado con él en el vestíbulo del hotel. Recuerdo también el impacto que me causó cuando fui a buscarte a su despacho en Bowery. A lo mejor solo ha sido una de esas alucinaciones que te sobrevienen en el desierto...

Emma siempre estaba pegada a su teléfono, así que no me sorprendió ver en la pantalla la palabra *Escribiendo...* en nanosegundos.

Fred Moore. Por supuesto. Cómo olvidarse de él. No me puedo creer que esté de vacaciones. Si no recuerdo mal era un pequeño tiburón implacable y sin escrúpulos. No sé si encaja mucho en las playas caribeñas. Aléjate de sus fauces, nena ;)

Añadió unos emoticonos burlescos. Emma sabía perfectamente de quién le hablaba, porque el tal Fred fue un tema recurrente en nuestras conversaciones de abril 2021, si no recuerdo mal.

Mi amiga trabajaba como secretaria de dirección para Greg Corradini, un ejecutivo que sospechaba que su esposa le era infiel con uno de sus mejores amigos. Incapaz de averiguar si aquello era cierto o no, compartió sus inquietudes con Emma, quien le propuso que, si le parecía bien, ella podía tratar de averiguar algo sobre los posibles cuernos.

Pero aunque a Emma le gustase jugar a los detectives y su jefe se lo permitiera con un asunto tan serio como aquel, finalmente tuvieron que recurrir a un profesional.

Que no era otro que Fred Moore.

El mismo hombre que me había subyugado con su mirada en el vestíbulo del hotel. Fijé la vista en el techo y traté de recordar nuestro brevísimo encuentro, hacía poco más de un año. Emma había acudido a su despacho a entregarle la documentación que necesitaban en su agencia de detectives para llevar a cabo el seguimiento de la señora Corradini.

Yo había quedado con ella para acudir a un concierto de jazz en un local cercano en la zona de Nolita. Me comentó brevemente que tenía que hacer una gestión y que podía pasar a buscarla por el edificio en el que se encontraba la agencia de detectives. De todas formas nos quedaría cerca del local al que íbamos.

Emma me pasó su ubicación. La esperé en la calle unos diez minutos. Y salió del edificio acompañada de él.

En circunstancias normales me habría olvidado por completo del detective Fred Moore. Vivía en una de las mayores ciudades del mundo. En las épocas en las que no estaba encerrada escribiendo me dedicaba a pasear por las calles. Eso era algo que me encantaba de vivir en Nueva York. Cruzarme con personas de toda condición, a las que nunca volvería a ver.

En esa ocasión Fred Moore no me vio. Se despidió cordialmente de Emma y se marchó en la dirección opuesta a la que nosotras nos dirigíamos.

Pero yo no me olvidé de él.

Seis, ocho meses después, me sorprendía recordando su enigmática mirada y su imponente torso. Después empecé a trabajar en mi próximo libro y todo ente masculino quedó relegado al olvido.

Hasta esa mañana.

Tan lejos de nuestra realidad.

¿Qué hacía el detective en aquella playa concebida para el descanso?

CAPÍTULO 3

LIAM

Decidido. Iba a ser visto y no visto. Ya sabía en qué habitación se alojaba —no muy lejos de la que me habían asignado a mí mismo—, tenía la certeza de que estaba allí ahora mismo y había comprobado lo que me temía: Beverly, en persona, era mucho más espectacular que en aquellas insulsas fotos robadas.

Algo más que una auténtica belleza.

Ser consciente de su inteligencia hacía que la elevase aún más a los altares.

Llevaba unas horas debatiéndome sobre cómo salir de aquel atolladero en el que me había metido. En dos ocasiones había cogido el auricular del teléfono que había junto a la cama para llamar al contacto de mi cliente y decirle que me bajaba del carro. Que no conseguiría el contenido del libro de Beverly Gould y que renunciaba al encargo.

Eso, sin duda, sería problemático. Mi profesionalidad podría verse comprometida, y al fin y al cabo era un cliente importante. Además, nunca había renunciado a ningún caso después de aceptarlo. En cierto modo, había dado mi palabra.

Así que había tomado una decisión. Iba a conseguir el manuscrito. Lo haría rápidamente, de manera casi quirúrgica, mientras Beverly estuviese ocupada. Y supongo que el momento en el que seguro que lo estaría iba a ser precisamente cuando diese su charla en la sala de congresos que ya tenía localizada. Ubicar su ordenador, si lo tenía con ella o en la misma sala, conseguir el documento, copiarlo. Dejarlo todo como estaba. Cumplir con mi trabajo.

Y después, conquistarla.

Hacer que no olvidase nunca esta playa.

Eres un cabrón egoísta, Moore.

Salí de la habitación. Necesitaba dar un largo paseo por la orilla de White Meadows. Pensar en cuál sería la mejor manera de abordar mi misión. Me coloqué un bañador —el único que había guardado en mi maleta— y un pantalón corto; y busqué una camiseta entre las pocas pertenencias que había traído.

De repente, cualquier asunto de trabajo había pasado a un segundo plano. En ese momento me preocupaba cuánto tendría que alargar mi estancia para asegurarme de que Beverly Gould visitaba mi habitación. O más específicamente, mi cama.

Atravesé el vestíbulo del hotel, no sin antes echar un nuevo vistazo al mostrador de admisiones. Había una recepcionista distinta a la que me había atendido esa mañana. Observé desde la distancia la cartelería del congreso en el que participaba Beverly al día siguiente. *Tal vez debería echar un vistazo allí dentro, reconocer el terreno*, pensé. Pero continué caminando hasta alcanzar una de las enormes terrazas, ya en el exterior, que se extendía bajo una pérgola y que comunicaba directamente con el club de playa del hotel.

Dejé la camiseta sobre una hamaca y me lancé al agua. Nadé a lo largo de la playa durante unos veinte minutos, hasta llegar a una zona de pequeños islotes rocosos. Desde allí, nadé de nuevo en dirección perpendicular a la playa.

El ejercicio me sentó fenomenal, aunque iba a tener que caminar un buen trecho por la orilla hasta recuperar de nuevo mi camiseta. Ese paseo también me sirvió para pensar.

Había algo que me molestaba en toda aquella situación. Un malestar evidente.

Para desempeñar un trabajo como el mío has de ser meticuloso, pero no escrupuloso. Permitir que las emociones entorpezcan mi cometido es un peligroso error en el que jamás había caído. Y por eso de repente sentía que me faltaba aire y que necesitaba nadar y correr por aquella playa. Liberarme de toda esa energía.

Tal vez debería conseguir el maldito manuscrito y largarme de esta isla extraña cuanto antes. Volver al témpano de hielo que debía ser Nueva York en ese momento y no permitir que aquella mujer resquebrajase mi integridad profesional.

Sí.

Nada de vacaciones.

Nada de "intentar conquistarla".

Eso no podía salir bien de ninguna manera.

Estaba de pie frente al mar, con los pies hundidos en la arena y murmurando. Ordenando mis ideas. Tomando mis decisiones.

A mi espalda quedaba el hotel.

Y entonces oí una voz aguda y femenina que ya se me había clavado antes.

—¿Hablas solo?

Me giré. Allí estaba ella. La mismísima Beverly Gould. Me miraba por encima de sus gafas de sol, estaba envuelta en un vaporoso pareo y abrazaba su ordenador portátil como si fuese su primogénito. Y estaba espectacularmente bella.

Creo que balbuceé unos segundos antes de poder articular algo coherente.

—¿Hablar solo?

—Estabas hablando solo hace solo un minuto.

—¿Y tú eres...?

—Beverly.

Me extendió la mano. No me lo podía creer. Instintivamente, di un paso hacia atrás y una ola alcanzó en ese momento mis tobillos. Reaccioné enseguida y me recompuse. Beverly me había pillado con la guardia bajada.

El detective con el que convivo en mi propia cabeza durante diez horas al día, Fred Moore, ya mantenía la atención en aquel ordenador. *Es el momento. Acompáñala, haz que aparte su atención de ese trasto. Copia los documentos en el dispositivo de memoria que dejaste en la hamaca, bajo la camiseta. Acaba este maldito trabajo y sal de aquí lo antes posible.*

Pero mi verdadero yo, Liam Moore, ignoraba aquel ordenador y solo atendía a aquella amplia y relajada sonrisa.

—Soy Liam —le dije, estrechando su mano.

Su sonrisa desapareció de una forma demasiado repentina. ¿Qué acababa de suceder allí?

—Oh. ¿Liam?

—Es mi nombre, sí.

Parecía confundida.

—¿Tienes un hermano gemelo?

—No tengo un hermano gemelo, pero reconozco que a veces sí hablo solo —contesté, esbozando una sonrisa.

—Oh.

—¿Nos conocemos, Beverly?

—Sí y no. Creo que más bien conocemos a alguien en común. Vives en Manhattan, ¿verdad?

¿Realmente me conocía? Aquello era alarmante. Tenía que actuar con cuidado.

—Sobrevivo en Manhattan, más bien.

—Una amiga mía contrató tus servicios. Bueno. Ella no exactamente. Fue su jefe, Greg.

Oh, no. Todas mis alarmas se encendieron.

—Te alojas en el hotel, ¿verdad? —le pregunté.

—Sí.

—Creo que nos hemos visto allí esta mañana. En la recepción.

—Tenía la esperanza de que nadie me reconocería —dijo Beverly—. Estoy aquí para dar una charla mañana. Hay un congreso tecnológico.

—¿Damos un paseo hasta el hotel? —le pregunté, señalando a lo largo de la orilla.

Me partía el corazón. Aquella chica había decidido, al contrario que yo, relajarse y abrirse un poco a un extraño al que no debería acercarse. Y no me extrañaba en absoluto. Sabía perfectamente que había viajado sola y que se quedaría en las Bahamas unos días descansando después de terminar su trabajo.

Y yo tenía la capacidad de hacerle daño, de romperla a tantos niveles, que no me podía creer que las cosas, además, estuvieran resultando así de fáciles, que ella hubiese decidido acercarse a mí.

—¿No quieres saber quién era el tipo que...?

—No. Mejor no hablemos de trabajo, Beverly. ¿Has visto dónde estamos?

Ella respiró hondo y miró al horizonte, a nuestra derecha.

Caminamos unos minutos juntos, en silencio, por la orilla de White Meadows. Ella parecía más relajada. Había guardado el ordenador portátil en una bolsa de tela que llevaba colgada al hombro.

—Supongo que a veces me cuesta desconectar —me dijo—. Tal vez trabajo demasiado.

—No hace falta que me lo jures —contesté, señalando aquel maldito trasto.

—¿No te llamas Fred?

—¿Cómo?

—Fred Moore, detective privado con sede en el sur de Manhattan.

—Vaya. Parece que me tienes muy ubicado. Creo que tú misma podrías hacer muy bien mi trabajo.

—Yo también me dedico a investigar. Solo que luego escribo sobre ello —nos detuvimos un instante y su seductora cercanía se hizo más evidente—. Es solo que te he reconocido esta mañana, cuando nos hemos cruzado en la recepción del hotel. Mi amiga Emma fue a verte una vez a tu despacho. Yo la esperaba en la puerta del edificio. Era al final de la tarde. Bajaste con ella, acompañándola a la calle. Por eso, al verte en el vestíbulo, en un lugar completamente distinto, te he reconocido casi enseguida.

Sentía un nudo en la garganta.

—Frederick William. Ese es mi nombre completo. Todos mis amigos me llaman Liam. Y mis clientes...

—Fred.

Estaba dispuesto a desnudarme ante ella. En todos los sentidos.

—Exacto. Mis clientes me llaman Fred. Es solo una manera de separar un poco lo personal de lo profesional.

Aquello pareció tranquilizarla un poco. Me reconfortó enseguida el hecho de que, hasta el momento, no había tenido que contarle ninguna mentira. No quería ser deshonesto con aquella chica. Quería conseguir el archivo de su manuscrito y después llevarla en brazos hasta mi cama. Quería separar sus rodillas y hundir mi lengua entre sus piernas. Me alegré de que en ese momento estuviésemos en movimiento, caminando, y confiaba en que ella no hubiese notado la casi dolorosa erección que se movía acompasadamente bajo mi bañador.

—¿Te había pasado algo así alguna vez? —me preguntó Beverly.

¿Pasarme algo así? ¿Que la mujer con la que me estoy obsesionando se acerque a mí con toda candidez y vulnerabilidad?

—¿A qué te refieres?

—Encontrar una cara conocida, o familiar, en otro país, en otro rincón del mundo.

Medité unos segundos. No era frecuente, no.

—A mí no —dijo Beverly.

La diferencia era que aquel perfecto encuentro, desde mi punto de vista, no era ninguna casualidad. Yo estaba allí exclusivamente por ella. Siguiéndola. Asaltándola. Y Beverly Gould estaba sugiriendo un choque orquestado por el destino.

Tal vez era ella quien estaba en lo correcto.

La miré con curiosidad. Habíamos caminado hasta el club de playa del Hotel Paradiso. Un paseo perfecto, pero del todo insuficiente. Me acerqué a la hamaca en la que había dejado mi camiseta y el *pen drive* del que no pensaba separarme durante toda mi estancia en el hotel. Consulté mi reloj. Eran casi las siete de la tarde. La hora perfecta para una piña colada.

—¿Te gustaría tomar algo, Beverly?

De nuevo, una sonrisa que sustituiría al sol que empezaba a desvanecerse en el horizonte.

—Suena perfecto. Me encantaría.

CAPÍTULO 4

BEVERLY

No podía ignorar las mariposas. No podía ignorar aquel encuentro, aquella tremenda casualidad caribeña. Y, sobretodo, no podía apartar los ojos de los suyos. *Debe ser el calor, la brisa marina, y también la deliciosa piña colada lo que ha desintegrado cualquier rastro de vergüenza.*

Allí estaba, sentada en una bonita terraza junto a la piscina del hotel, disfrutando de la hilarante y expansiva compañía de Liam Moore. O Fred Moore. Me daba exactamente lo mismo. Me había parecido suficiente su explicación: Liam para los amigos, Fred para los clientes. ¿Quién era yo para cuestionar esa curiosa distinción?

Liam era divertido y encantador. Hablaba de todo y de nada a la vez. Me preguntaba cosas a mí, sobre todo; y eso, debo reconocer era algo nuevo. Refrescante. Por mi trabajo estaba acostumbrada a cuestionar, a preguntar mucho, a analizar. Y sentía que en su compañía podía relajarme y olvidarme de mis ajetreadas mañanas.

Mientras me hablaba de cómo había logrado encontrar su perfecto apartamento en Manhattan yo sorbía mi piña colada y parpadeaba. Era consciente de que estaba coqueteando con él. Era perfecto, la noche me acompañaba en mi implícita misión de conquistarlo, a pesar de que me daba cuenta de que llevábamos casi dos horas hablando y Liam aún no me había dicho qué hacía en las Bahamas.

Está de vacaciones, Beverly, ¿en qué estás pensando? Pero no, no podía ser algo tan simple. Emma me lo había sugerido en su mensaje y me cuadraba perfectamente con el hombre que tenía delante, relajado y sonriente, sugiriéndome que pidiésemos sushi porque el hambre empezaba a despertar.

No me puedo creer que esté de vacaciones. Si no recuerdo mal era un pequeño tiburón implacable y sin escrúpulos.

Emma no decía las cosas a la ligera. ¿Era posible que Liam estuviese en el Hotel Paradiso...trabajando? Sabía que no debía preguntarle algo así. Era demasiado indiscreto y, de todas formas, si estaba allí porque alguno de sus clientes se lo había solicitado tampoco iba a contármelo a mí, una desconocida que había resultado ser también neoyorquina y con la que a todas luces estaba ligando.

Uno de los amables camareros del resort se acercó para preguntarme si quería una tercera piña colada. Lo rechacé con una sonrisa.

—Tres desde luego sería demasiado.

—Oh, por supuesto que no —dijo Liam—. Pero no voy a ser yo quien insista. Tal vez deberíamos comer algo ya.

—Traeré la carta enseguida —contestó el camarero.

—¿Sushi, entonces? —me preguntó Liam.

—¡Por favor! He de ir al baño. ¿Me esperarás aquí?

—No, Beverly. Saldré corriendo en cuanto te des la vuelta.

Una risa tonta se me escapó. Me levanté y me di la vuelta para ir al servicio.

Estaba en un pequeño edificio anexo a la terraza. No tenía que pasar por el vestíbulo del hotel para ir al baño de señoras. Una vez allí me incliné junto al espejo y observé mis mejillas encendidas. ¿Qué me estaba pasando? ¿Por qué estaba tan feliz de repente? Me lavé la cara para refrescarme. *Sobre todo, no sigas bebiendo, Beverly. Nada de alcohol.*

Y no era porque no deseaba terminar esa noche en la cama del detective Moore, sino porque no podía permitirme que la conferencia de la mañana siguiente no saliese perfecta. *Solo mañana*, me dije. *Concéntrate en hacer tu trabajo mañana y después permítete disfrutar de su compañía.*

Qué peligroso era Liam. Y, sobre todo, qué tentador.

Cuando sentí que estaba repuesta y calmada intenté abrir la puerta del baño. No se abría. Probé insistentemente. Se había atascado. Entonces me di cuenta, y eso fue lo que desató un poco el pánico, que había dejado mi bolsa en la silla, junto a la mesa que compartía con el detective atractivo y desconocido. Y mi ordenador estaba allí dentro. Todo mi trabajo estaba allí.

Ahogué un grito de pura frustración.

Maldita piña colada.

LIAM

Iba a ser rápido y certero. En cuanto Beverly se perdió al fondo de la terraza cogí su bolsa de tela con el ordenador y salí tras ella. En ese momento yo era solo Fred Moore, el detective sin escrúpulos dispuesto a cumplir con su trabajo y cobrar el cheque. Y en esa ocasión me urgía. Tenía prisa por acabar con aquello y aclarar mis ideas. Decidir si me quedaba en el hotel y podía volver a mirar a esa chica a la cara o si la dejaba en la puerta de su habitación y salía de regreso en el primer avión Nassau - Nueva York de la mañana.

Encerré a Beverly en el baño. Atasqué la puerta desde el otro lado y mientras sujetaba el pomo que ella intentaba abrir con la mano izquierda, hurgaba en su ordenador para extraer la información que necesitaba. Lo abrí allí mismo y trabajé rápido. Lo que me temía. El ordenador no estaba apagado. Beverly simplemente había cerrado la pantalla y lo había guardado entre sus cosas.

No me costó encontrar el archivo que necesitaba. En el escritorio estaba el acceso directo al manuscrito que mi cliente quería. Intenté abrirlo para asegurarme de que era exactamente ese, pero tal y como ya preveía, estaba protegido con una contraseña. Daba lo mismo. El cliente podría acceder a él saltándose aquella medida de seguridad.

Saqué el lápiz de memoria de mi bolsillo, ya preparado para aquel efecto, y copié el archivo a toda prisa. En apenas veinte segundos había completado mi misión. Expulsé el dispositivo portátil, volví a guardármelo y cerré el ordenador con cuidado de que no hiciese ni un solo ruido.

Después, con la mano que aún me quedaba libre, cerré de nuevo la pantalla sobre el teclado y lo guardé en la bolsa. Me la colgué al hombro.

Dentro del baño de chicas, Beverly empezaba a perder los nervios. Golpeaba la puerta cada vez con mayor insistencia.

—¿Hola? ¿Hay alguien? ¡Ayuda, por favor! ¡Me he quedado atrapada!

Eres maligno, Moore. Eres lo absoluto peor. Me recreé unos segundos más en su creciente desesperación. La realidad era que Beverly necesitaba mi ayuda y yo iba a estar encantado de prestársela. Ansiaba rescatarla y estaba dilatando aquella deliciosa sensación. *Justo después de robarle su trabajo.*

Apoyé la mejilla sobre la puerta y susurré su nombre.

—¿Beverly?

—¡Liam! Gracias a Dios. Ábreme. Me he quedado encerrada.

Había sido todo tan fácil que estaba abrumado. Giré el pomo que, de hecho, sí había quedado trabado. Tuve que emplear mi fuerza para sacarla de allí.

La puerta finalmente se abrió, y tras ella, Beverly, con el cabello húmedo, con el colorido pareo rodeando su cuello y su preciosa cara de susto.

—Tardabas mucho. Vine a ver qué sucedía —susurré.

—Has traído mi bolso —dijo.

Lo descolgué de mi hombro y se lo entregué, y entonces Beverly me desarmó. Dio dos pasos al frente para salir de su prisión repentina y me abrazó. Sollozó junto a la abertura de mi camisa. Noté cómo se aferraba a los músculos de mi espalda. No pude hacer otra cosa que abrazarla con fuerza, atraerla aún más hacia mí.

—Tengo claustrofobia —dijo.

—Oh, dios, Beverly. Lo siento.

Lo siento. Lo sentía por tantas cosas.

Lo único que podía hacer por esa chica, en ese momento, era seguir abrazándola si ella lo quería así, si así se sentía más segura. Y también podía invitarla a cenar.

—Me temo que he pedido cantidades industriales del mejor sushi de la carta y que ya nos debe estar esperando en la mesa.

Levantó la vista y me sonrió.

—Me estoy propasando —dijo.

—Me encanta que te propases.

—Y tengo hambre.

—Yo también. Vamos.

La saqué de allí. Regresamos a la mesa y disfrutamos de una de las mejores cenas que recuerdo. A eso de las diez de la noche acompañé a Beverly a la puerta de su habitación. La besé, por supuesto, porque jamás me perdonaría no probar aquellos labios, y aunque sabía que el resto de la noche sería una tortura decidí no atravesar aquella puerta entreabierta. No entré en su habitación. No podía, a pesar de que algo en su mirada me invitaba a ello.

Podíamos entregarnos el uno al otro, hacer lo que tanto deseábamos, lo que nuestros cuerpos templados por el pesado aire caribeño llevaba horas demandando. Pero no podía hacerlo. No con aquel *pen drive* en el bolsillo de mi pantalón.

Parece que aún te queda algo de decencia, Moore, me dije a mí mismo, mientras me perdía por el pasillo, dispuesto a llegar a mi habitación lo antes posible y masturbarme pensando en la piel perfecta y suave de Beverly Gould, en el pesado tacto de sus pechos cuando me abrazó espontáneamente.

Dios, qué difícil.

—Buenas noches, Liam —me había susurrado junto a la puerta de su habitación. Tan cerca de su cama.

Beverly no me preguntó si nos veríamos al día siguiente.

CAPÍTULO 5

BEVERLY

Apagué el proyector y sentí de verdad que necesitaba unas vacaciones. Y, casualmente, ya estaba en el sitio indicado para ello.

—Ha estado fenomenal, Beverly —me dijo Asia Wellington—. Clara y didáctica, como siempre. Creo que los asistentes han quedado contentísimos. Bueno, no hace falta que yo te lo diga, veo que ya lo han estado haciendo ellos mismos.

Y era cierto. Había pasado más de media hora saludando personalmente a varias decenas de asistentes al Congreso. Pero ya había acabado mi ponencia y solo podía pensar en la playa, en las piñas coladas que no me había tomado la noche anterior y, para mi desgracia, en Liam Moore.

—Estaremos un rato en el bar de la piscina —insistió Asia, quien no se había tomado demasiado bien, al parecer, mi sutil negativa a asistir a la cena de clausura de esa noche.

Supongo que sabía que me iba a quedar un par de días en el hotel, pero me había encargado de dejarle claro que necesitaba desconectar un poco de la gran cantidad de trabajo que había acumulado en los últimos meses.

Me levanté de la mesa de ponentes, con mi ordenador portátil bajo el brazo, y me encaminé hacia la puerta de la sala de congresos. Noté los tacones de Asia Wellington repicando a mis espaldas. Dios mío, ¿me estaba siguiendo?

Me giré para atajar aquella persecución. ¿Cómo podía decirle que quería estar sola sin ser descortés y arruinar mis colaboraciones futuras?

—Ehmmm, discúlpame, Asia. He de hacer una llamada a la familia. En la piscina, *okay*. Fenomenal. Dame un rato y luego os busco.

—¡Te esperamos!

Aquel resort era lo suficientemente grande como para no encontrarme a ningún participante del congreso en los próximos días. Aunque según tenía entendido, no todos iban a alargar su estancia. Asia y su equipo por suerte se marchaban al día siguiente.

El principal motivo por el que me alegraba de haber terminado con mi compromiso era que podía tratar de buscar a Liam. Nuestra despedida, la noche anterior, junto a la puerta de mi habitación...me había dejado en llamas.

No podía achacarlo al alcohol. Aunque me hubiera encantado tomarme una última copa con él después de aquel delicioso sushi, fui responsable. Le dije a Liam que tenía que irme a dormir pronto para estar fresca al día siguiente. No podía desmadrarme la noche antes de mi conferencia, por mucho que la compañía fuese perfecta. Se lo dije así, sin que le quedase posibilidad alguna de rebatirlo, o de tratar de convencerme.

Liam pagó la cena y me acompañó a mi habitación. Y todo nos favorecía. La piel húmeda, el punto justo de desinhibición y el hecho de que éramos dos completos extraños que se habían cruzado un día en su vida anterior y que se habían encontrado, contra todo pronóstico, en un rincón del paraíso.

Pero Liam se había comportado como un perfecto caballero. Primero, rescatándome de aquel baño impecable pero sin ventanas por las que huir o pedir auxilio. Después, invitándome a una deliciosa cena y haciéndome sentir cómoda y escuchada. Y por último, me acompañó a mi habitación.

Me besó, y su beso me traspasó. Tocó el fondo de mi corazón.

Tenía que remontarme mucho tiempo atrás para recordar a un hombre que se colase en mis pensamientos tan rápido, tan profundo. Probablemente hasta mis años de instituto, cuando me movía de un sitio a otro gobernada por mis hormonas.

La cuestión era que apenas había dormido, pensando en aquel beso que me dejó temblando junto a la puerta entreabierta, que necesitaba recuperar horas de sueño y que sobre todo necesitaba localizar a Liam para comprobar que lo que había sentido no había sido una alucinación.

Pero no me había dicho nada más.

No sabía nada de él desde la noche anterior, cuando nos retiramos a eso de las once. No tenía idea de cuál era su número de habitación, de qué haría al día siguiente, de por qué había decidido marcharse solo a las Bahamas, de cuándo regresaría a Nueva York, ni de si tenía alguna intención de volver a verme.

Tal vez alguien, una mujer, lo esperaba en Manhattan y por eso él no había hecho el más mínimo gesto de colarse en mi habitación. Un beso sería todo lo que obtendría de él. Supongo que aquello hablaba bien de él. Me respetaba. Pero también me ardía, y me fastidiaba soberanamente reconocer aquel deseo, adormecido durante meses; o me atrevería a decir un par de años. Todo el tiempo que había estado trabajando en aquel libro sobre los tiburones de Silicon Valley.

Recorrí el vestíbulo y algunos pasillos del hotel con la esperanza de verlo. Eran las seis de la tarde. ¿Dónde iba a estar Liam Moore si no era disfrutando de aquella espectacular playa a la que yo apenas había prestado atención?

Fui a mi habitación y me puse un bañador y un pantalón corto. Y entonces me asaltó una idea negativa y oscura. ¿Y si

Liam ya no estaba en el hotel? ¿Y si había cumplido con lo que fuese que había ido a hacer a las Bahamas y se había marchado sin despedirse? ¿Me debía una despedida? No, en absoluto. Y de hecho, el beso de la noche anterior bien podía significar precisamente eso, una despedida.

Me agobié al instante. De repente el paraíso ya no lo parecía tanto. Tal vez podría refugiarme en el manuscrito que me acompañaba a todas partes. Pedir una piña colada, abrir el ordenador y continuar trabajando. Al fin y al cabo aquella pantalla era mi refugio. Tras ella nadie me importunaba, nadie me generaba esa ansiedad repentina que Liam había plantado entre mis labios justo antes de irme a dormir. Era todo un milagro que hubiese conseguido apartarlo de mi mente durante la hora y media que había durado mi charla.

Abrí la puerta, dispuesta a pasear descalza por la arena de White Meadows hasta que dejase de pensar en él.

Pero eso iba a ser imposible, porque allí estaba, justo a punto de llamar a mi puerta.

Liam dio tres pasos sin esperar a ser invitado a entrar, a abordar mi intimidad.

Me agarró por la cintura y me atrajo hacia su pecho y su boca. Nos buscamos desesperadamente.

—Ayer fui un idiota, Beverly. No te di lo que querías.

No era yo. No me reconocí en el momento en que lo arrastré hacia mi cama, estirando de su camisa desabrochada, ansiosa por acariciar cada una de las hendiduras de su torso.

—Pensé que habías vuelto a Nueva York.

—Y estuve a punto de hacerlo. Mi maleta está hecha y cerrada, junto a la puerta de mi habitación. Al principio pensé que no podía irme sin despedirme de ti. Ahora me he dado cuenta de que no me quiero ir sin ti.

Liam me estaba entregando su cuerpo, extendiéndose sobre mi cama para que hiciese exactamente lo que quería con él. Lo rodeé con mis piernas y me senté sobre el evidente bulto que había bajo sus pantalones. Se hundió entre mis piernas al instante. Ni siquiera nos habíamos desnudado. Eché la cabeza hacia atrás y me recreé en el millón de sensaciones que habían estado siglos dormidas y que acababan de despertar.

Liam se sentó sobre la cama y me sujetó el rostro con sus manos.

—Escúchame bien, Beverly. Quiero que me uses. Quiero me utilices para tu propio placer. Durante todo el tiempo que desees. Necesito desesperadamente complacerte. No me moveré de aquí, de tu cama, hasta que estés exhausta. No me iré hasta que tú misma me lo pidas. ¿Me has entendido?

CAPÍTULO 6

LIAM

Beverly me respondió con sus manos y con su boca. Y me voló la cabeza que, en el momento en que me puse a su absoluta disposición, debajo de su cuerpo y de su voluntad, acudió rauda hacia el botón de mis pantalones, dispuesta a liberar mi erección y a introducírsela de inmediato en la boca.

Se deslizó por encima de mi cuerpo hasta quedar sentada sobre mis rodillas, inclinada sobre mí. Totalmente desinhibida y perfecta. Empezó a lamerla con auténtico deseo. Noté cómo mi polla se deslizaba hasta el fondo de su garganta con gran facilidad. Proferí un gemido y llevé mis manos a sus hombros. Después acaricié su cuello y enterré los dedos en su melena, acompañando sus movimientos precisos y acompasados.

—Nena...no esperaba esto.

Me contestó con su mirada, directa y felina, clavada en mis propios ojos.

¿Es posible identificar el momento exacto en el que te enamoras de una mujer?

El segundo preciso.

No fue ese, no. Aunque tal vez era mi segunda opción.

Creo que el momento en el que me enamoré de Beverly Gould fue cuando salió en estampida del baño en el que se había quedado encerrada y se precipitó entre mis brazos.

Me incorporé, la sujeté con cuidado y la tumbé sobre la cama.

—Si sigues haciéndome eso no podré aguantar mucho más —susurré junto a su oído.

Después recorrí con la punta de mi lengua la línea perfecta entre su hombro y su oreja; y desde allí la deslicé hacia sus pezones. La carne de Beverly no se acababa nunca. La apreté con firmeza entre mis manos y observé su gesto extático. Le gustaba que la sujetasen. La mujer que deseaba se estremecía con mis besos y mis caricias, una y otra vez.

Sus caderas buscaban las mías de una forma evidente y apresurada. Me rodeó con sus piernas y se revolvió debajo de mi cuerpo. Hacía rato que nuestra ropa había desaparecido y ni siquiera sabía quién se la había quitado a quién.

—Esto es lo que quiero, Liam. Ahora.

Mi polla colgaba, evidenciando su dureza y apuntando directamente a sus pliegues más íntimos. Estaba deseando irrumpir en esa humedad. La busqué con mis dedos para asegurarme de que estaba en el punto justo. De que estaba lista para recibirme. Beverly gimió en cuanto moví mis dedos en círculos, aumentando en intensidad a cada instante que pasaba.

—Por favor, Liam...no puedo esperar más. Y quiero tenerte más cerca.

Rodeó mi cuello con sus brazos y me atrajo hacia su cuerpo. Me hundí en él, deseé traspasarlo; pero sobre todo comprendí que no quería separarme nunca de Beverly. Aquello me aterrorizó y me sanó al mismo tiempo. Recordé las palabras de mi hermano en el momento justo en que me introduje en su cuerpo blando y suave:

Cuando aparezca la mujer correcta serás tú el que...

Un nuevo gemido de Beverly interrumpió mis pensamientos, arrastrándome de nuevo con su propio deseo.

Sus piernas se aferraron a mí aún más fuertes, buscando el máximo contacto entre nuestros cuerpos, la fricción más intensa.

Empecé a bombear, saliendo y entrando de su cuerpo, nunca saliendo del todo porque no lo soportaría. Con cada embestida mi ritmo se aceleraba y los gemidos de Beverly crecían en intensidad. Pasaron minutos, y allí seguíamos, consumidos por la inercia de todo aquel deseo contenido desde la noche anterior.

Empujé con más fuerza al ver que nuestra resistencia se iba venciendo. Y entonces alcancé ese punto exacto. El rincón que guardaba el éxtasis de Beverly. Me detuve un instante para buscar de nuevo sus pezones con mi boca. Estaban todo el rato erectos. Cuando entré en contacto con ellos otra vez, nuestro placer se multiplicó por diez.

Podría morirme en este preciso instante, pensé. Sobre su cuerpo, frente a esa playa mágica que nos reunió.

Y entonces Beverly pronunció las palabras que hicieron que me volviese loco:

—Córrete dentro de mí, por favor. Liam. Quiero sentirlo dentro.

Aquello era sucio. Era sucio e inapropiado. Y me encantaba.

Y estaba dispuesto a darle hasta la última gota de mi ser, si eso era lo que ella quería.

Era consciente de que estaba a solo unos segundos de explotar en millones de pedazos y deshacerme dentro de su coño prieto y perfecto. Fue ese "por favor" lo que hizo que me derritiera. Imprimí más fuerza a mis movimientos, azuzado por el deseo suplicante que se acumulaba en sus ojos.

Beverly soltó un grito. Ya no gemía. Gritaba, y podían oírnos. Tal vez incluso desde la playa. Pero me daba exactamente lo mismo. Nunca pensé que ese sonido en particular pudiera excitarme tanto, pero lo hizo. Me desmoroné, gritando también su nombre una y otra vez. En cuestión de segundos, la invadí una última vez y volqué mis caderas sobre las suyas.

El sonido de mi nombre en sus labios cuando me descargué dentro de ella me perseguirá durante el resto de mis días.

Nos quedamos abrazados sobre aquella enorme cama durante horas, obviando la sed y el apetito, saciándonos solo con nuestros cuerpos. Y cuando Beverly se quedó por fin dormida entre mis brazos, me levanté con cuidado de no despertarla y salí a la terraza de su *suite* con el teléfono móvil en la mano.

Llamé a mi cliente y le dije que abortaba la misión. Que me echaba atrás y que no había logrado alcanzar a Beverly Gould. Y que no lo haría. Que ella estaba a años luz de ellos. De todos nosotros.

Oí su voz renqueante e incrédula al otro lado de la línea. Aquello iba a ser problemático. Pero me daba exactamente igual comprometer mi trabajo. No iba a contemplar la posibilidad de hacerle el más mínimo daño. Todo lo contrario. Desde ese preciso momento, Beverly Gould quedaba bajo mi protección.

Ni soñéis con acercaros a ella, le dije a mi interlocutor.

Colgué el teléfono y volví a la cama. A su lado. El lugar exacto al que pertenecía.

Irreconocible, Moore. Parece que, por fin, estás ante ELLA. Esta mujer, si ella quiere, va a quedarse en tu vida más de dos meses. Mucho más.

CAPÍTULO 7

BEVERLY

—¿Tienes un segundo, Beverly?

Algo se interpuso entre mis gafas oscuras y el sol que caía sobre la arena blanca de White Meadows. Reconocí aquella voz al instante. Era Asia Wellington. Estaba perfectamente vestida con un vaporoso vestido y elegantes joyas de oro estratégicamente colocadas. Muy poco apropiadas para una playa caribeña, pero sí para un triunfante regreso a la ciudad de los rascacielos. Yo estaba tomando el sol en una de las hamacas, en bikini. Y aquello me descolocó al instante. Me sentí desnuda a su lado.

—Por supuesto —murmuré.

Me puse en pie. Los dedos de mis pies se hundieron en la arena caliente, estremeciéndome al instante.

Junto a su lado reposaba una pequeña maleta de mano.

—Espero no molestarte. Anoche, en la despedida, te echamos un poco de menos, la verdad...

Creo que había un poco de resentimiento en su voz, pero debía entender que no podía estar a su disposición una vez terminado mi trabajo.

—Lo sé, Asia. Siento no haber ido a la cena. Me he encontrado aquí con un viejo amigo y...

No le debía explicaciones, la verdad.

Traté de reconducir la conversación.

—¿Ya os marcháis?

—Nuestro catamarán parte en una hora hacia Nassau —dijo—. ¿Supongo que tú te quedas?

—Sí. Una noche más. Mañana por la tarde es mi vuelo de regreso hacia Nueva York. He aprovechado para descansar unos días...

—No me he acercado para despedirme, Beverly. Bueno, no solo para despedirme. Más bien era para ponerte sobre aviso.

De repente su rostro se ensombreció.

—¿Qué sucede, Asia?

No fue sutil ni cuidadosa con su acusación. Y cayó sobre mí como un jarro de agua fría.

—Ese hombre que te acompaña. O más bien, el hombre que te has encontrado aquí...tal vez no tiene buenas intenciones.

—¿Qué quieres decir?

Me giré hacia el mar. Liam estaba en el agua en ese preciso instante, charlando con uno de los instructores de surf. Había pasado un rato nadando en paralelo a la playa, mientras yo tomaba el sol y disfrutaba de un café con hielo.

Habíamos pasado los últimos dos días juntos. Todo había sido perfecto, y más aún en el momento en el que él me dijo que aquello era demasiado parecido a una luna de miel. Esas tres palabras hicieron que me estremeciera. Me olvidé por completo de mi vida en Brooklyn, de mi trabajo, del manuscrito en el que debía seguir trabajando.

—Me ha llamado hace dos horas Everett Turner. Me ha preguntado si aún estabas aquí.

—¿Everett? ¿Qué quería?

Conocía muy bien a Everett Turner. Era un periodista especializado en telefonía móvil. Habíamos coincidido en infinidad de veces, pero él vivía en San Francisco. De hecho debía estar aquí estos días, pero su esposa se había puesto de parto unas semanas antes de lo previsto y no le fue posible volar a las Bahamas.

—Everett ha estado tratando de localizarte en los últimos dos días —dijo Asia—. Finalmente me ha llamado a mí. Hace una hora hicimos el *check out* del hotel. Utilicé el servicio que ofrecen para dejar allí el teléfono durante unos días, en cuanto terminamos con la conferencia. Al ver su mensaje lo llamé. Me dijo que te había enviado dos e-mails a lo largo de ayer.

—Asia, he estado desconectada. No entiendo por qué Everett...

—Al parecer han estado intentando sonsacarle el contenido de tu libro sobre los directivos de Silicon Valley, Beverly. Hay alguien muy interesado en saber exactamente qué has averiguado y qué vas a contar en ese libro.

—¿Cómo?

—Me ha dicho que te avisara. Que no le extrañaría en absoluto que contratasen a alguien para hacerse con su contenido.

Enmudecí. Era evidente a quién se refería. ¿Sería capaz Liam de algo así? ¿Era exactamente eso lo que Asia quería decirme?

No. Imposible. No podía ser.

Liam en ningún momento había hecho referencia a mi trabajo. Ni siquiera me había preguntado por la conferencia, a pesar de que encontré un poco extraño que hubiese dicho en la recepción del hotel que había acudido a las Bahamas para participar como público en el congreso.

—No sé por qué le dije eso a la recepcionista —me había dicho, algo serio, para cambiar de tema en el segundo después—. He venido aquí para desconectar un poco, eso es todo. Y he tenido la suerte de encontrarte.

Justo después me había dado un beso que borró cualquier rastro de extrañeza en aquella breve conversación.

Asia me apretó el brazo y alcanzó el asa de su pequeña maleta de viaje.

—En fin. Seguro que no es nada. ¡Espero! Solo sé precavida, querida, simplemente eso. Habla con Everett cuando puedas. Él no quería lanzar la voz de alarma, solo pretendía que fueras consciente de que tu trabajo está levantando algunas ampollas al otro lado del país. Y supongo que eso, de algún modo, es bueno. Te irá genial para la promoción del libro. Estoy deseando leerlo.

Asia me dio un apresurado abrazo de despedida y me dejó allí, plantada en la arena, sin demasiado tiempo para reaccionar.

Me quedé sola de nuevo, observando a los bañistas. Liam seguía charlando con uno de los profesores del curso de surf, un tal Max. Me vio desde la distancia, levantó el brazo y me saludó.

Algo no estaba bien.

Había algo que no encajaba.

Y entonces lo recordé.

El baño. La puerta del baño. El se quedó con mi ordenador durante al menos diez minutos.

Algo se resquebrajó en mi interior.

No. No podía ser.

Yo era el motivo por el que Liam, o más bien Fred Moore, había viajado a las Bahamas. Y no de la manera que yo pensaba.

No respondí a su saludo desde la playa. Salí corriendo hacia mi *suite*. Tenía que comprobar si mi ordenador había sido manipulado de alguna manera.

LIAM

—¡Beverly!

No me escuchaba. Corría hacia el interior del hotel. Supe que algo iba mal en cuanto vi su rostro desencajado desde el agua, después de la breve conversación que había mantenido con la organizadora del congreso.

—¡Beverly!

Se dirigía hacia su habitación. Corrí tras ella, justo a tiempo de que no cerrase la puerta en mis narices.

Se plantó en medio de la habitación y yo la seguí. Algo iba terriblemente mal.

—Beverly, nena...

Se giró, visiblemente enfadada. Odié la lágrima que resbaló por su mejilla izquierda.

—Viniste aquí por mí.

—Me quedé aquí por ti.

—Me debes una explicación, Fred Moore. ¿Has venido a robarme mi libro? ¿Quién te ha pagado para eso, eh? ¿Cuánto te han prometido por traicionarme de esta manera tan...ruin?

Nunca me había dolido que alguien me llamase Fred hasta ese momento. Di un paso hacia ella y ella dio dos pasos hacia atrás. Aquella distancia creciente y merecida me partió en dos. Pero no iba a permitir que todo se viniese abajo.

—Escúchame bien, Beverly. Vine aquí por ti, sí. Y me he quedado también aquí por ti. Quiero volver contigo a Nueva York. Tengo que estar a tu lado. He renunciado a ese encargo porque no habría podido mirarte a la cara nunca más después de... estar contigo.

—¿Has tocado mi ordenador?

Asentí.

Ella se desplomó en una de las sillas. Corrí a su lado y me arrodillé.

—Escúchame. Copié el archivo de tu manuscrito. Lo hice porque ese era mi trabajo. Mi maldito trabajo. Y después renuncié a él. Supe que no podía hacerte eso. Jamás. Destrocé el dispositivo y llamé al intermediario. No lo tendrán nunca. Le dije que renunciaba, que no te iba a traicionar. Y que no iba a permitir que nadie más se acercase a ti con esa intención.

Beverly soltó una triste carcajada.

—Oh, vamos, Liam. ¿Vas a decirme quién te ha contratado?

Dudé un instante. En cualquier otra circunstancia me habría callado. No podía revelar ese tipo de información. Pero ya no me vinculaba nada con aquellos tipos.

—Lo haré si me perdonas por no haberte contado esto antes. ¿Entiendes por qué lo he hecho, verdad? No quería que me apartaras de tu lado. Era mi trabajo. Iban a pagarme por eso, hasta que...me enamoré de ti.

Me callé. Nunca habían salido de mi boca unas palabras de semejante calibre. Incluso yo mismo tenía que asimilar aquella verdad repentina.

Agarré sus manos. Sentí que mi única misión en la vida era borrar de un plumazo la tristeza que se había acumulado en sus ojos. Besé sus dedos.

—Amor. Esa es una palabra enorme —dijo—. Pero no tanto como "confianza". Sabes una cosa, ¿Liam? ¿Sabes qué es lo más gracioso de todo? Si me hubieses preguntado por los nombres que aparecen en mi libro...te los habría dicho. Nada de lo que expongo ahí es un secreto. Y en cuanto salga todo el mundo podrá leerlo. No entiendo por qué soy una amenaza para ellos...

Sollozó. La levanté suavemente de aquella silla en la que había caído derrotada y la abracé. Comprobé como su resistencia se vencía, poco a poco. Beverly quería creerme, lo notaba. Y tenía que hacerlo porque lo que le había dicho era la absoluta verdad. Había renunciado a mi trabajo por ella, porque no estaba dispuesto a perjudicarla.

Pero tenía todos los motivos para estar decepcionada.

—He pasado los mejores tres días de mi vida —le dije—. Aquí, contigo. Y estoy dispuesto a convertir nuestra existencia en una luna de miel permanente. Aquí o en Nueva York, o donde sea. Quiero estar contigo, Beverly, si me dejas quedarme a tu lado y protegerte. Te prometo que nadie, ningún otro tipo como yo mismo, te molestará jamás, ni se inmiscuirá en tu trabajo.

Clavé la mirada en sus ojos.

Sabía que le decía la verdad.

Y aún así iba a tener que trabajar desde cero para recuperar el cien por cien de su confianza.

—¿Sabes que voy a hacer todo lo que esté en mi mano para que sepas que rechacé ese encargo, verdad?

Deslizó el dedo pulgar por encima de mis labios, sellando mis palabras.

—Sí. Lo sé.

Busqué sus labios. Encontré una mínima resistencia, y después nuestro deseo se abrió paso entre nosotros.

—Me he enamorado de ti, Beverly Gould. Y esperaré toda la eternidad hasta que estés preparada para decir lo mismo.

Beverly abrió la boca. No dijo nada, pero esbozó una tímida sonrisa.

—Bueno. Esto es un principio...—susurré de nuevo.

Besé su cuello, busqué la redención y el perdón en su silencio cómplice. Sentí que me había quitado un peso de encima, que podíamos empezar nuestra luna de miel eterna en una página en blanco, libre de las máculas habituales del detective Fred Moore. ¿Dos meses con aquella chica? ¡Ja! Con dos meses no tendría ni para empezar. Dos siglos a su lado sonaba mucho más razonable.

EPÍLOGO

Un año después...

BEVERLY

—Un minuto de su atención, detective Moore —le dije a Liam—. Solo eso. Un minuto. ¿Cree que será capaz de concentrarse en lo que estoy diciendo?

—No con ese espectacular escote.

Liam dio dos pasos y hundió la nariz en la abertura de mi camisa. Aquello arrancó una de mis sonoras carcajadas. Caímos sobre la cama de nuestro recién estrenado apartamento en Manhattan. Sabía que solo estaba de broma y que lo hacía para sacarme de mis casillas, pero esos avances de Liam solo servían para que me excitara al instante y acabásemos llegando tarde a cualquier sitio.

Y aquella era una noche importante. Íbamos a acudir a la presentación de mi libro, en un elegante hotel muy cerca de Times Square. Y Liam se había tomado el asunto de mi seguridad como algo muy personal.

—No puedes estar enfadada —me dijo—. No me lo creo.

—¿Por contratar a tres guardaespaldas sin mi permiso? No soy la primera dama, Liam. Creo que es un poco excesivo.

—Eres MI primera dama. Además, me parece razonable. Y a tu editor también. Tu libro es un acontecimiento nacional y ya sabemos que hay gente demasiado interesada en él. Y mis muchachos no se acercarán a ti a no ser que sea necesario. Ni te darás cuenta de que están allí. De hecho, no me gustaría que se acercasen demasiado.

Metió su mano debajo de mi falda.

Aquello era demasiado tentador, pero teníamos que irnos ya si no quería arruinar mi maquillaje. Y de paso llegar tarde a uno de los eventos más importantes de mi carrera.

—Tenemos que irnos. No me pongas más nerviosa de lo que ya estoy.

El gato se acercó a despedirnos. Louie era el siamés que vivía con Liam antes de instalarnos juntos, y ya podía decirse que nos habíamos hecho amigos.

Liam se agachó para acariciarlo y después deslizó su mano por mis medias, por la cara interna de mis muslos, de arriba a abajo. Respiré hondo para calmar mis nervios. Puse la mano sobre el pomo de la puerta. Estaba a punto de convertirme oficialmente en una autora publicada. Mi investigación, después de dos años de trabajo, había llegado a su fin.

—Espera un segundo —dijo Liam.

—Qué.

—Tengo que decirte algo.

—Oh, dios, ¿qué pasa ahora?

—Estás espectacular.

Me reí. Liam me abrazó y el calor que siempre desprendía me relajó de inmediato.

—Lo digo en serio, Bev. Siempre es así en realidad, pero hoy estás totalmente radiante. No voy a poder quitarte los ojos de encima en toda la noche.

Me revolví entre sus brazos, subiendo mi mano a su cuello para tirar de él hacia abajo. Era tan alto... Sentí que necesitaba uno de esos besos dignos de película que siempre me hace estremecer de deseo.

Ya nos estábamos enredando de nuevo y Liam fue el primero en alejarse de mí, ya que ambos notamos como nuestra respiración se aceleraba.

—Será mejor que nos pongamos en marcha antes de que no podamos parar —dijo—. No quiero que tu editor me asesine, y Emma nos espera ya abajo en el coche.

Asentí, aunque sabía muy bien que tenía un margen de diez minutos que Liam y yo podíamos aprovechar muy bien.

Salimos de casa, felices y expectantes ante el futuro que se avecinaba. Liam con su agencia de detectives, que cada vez iba mejor. Eso le permitía trabajar menos personalmente en los casos y centrarse en formar a sus nuevos empleados. Yo había vendido los derechos de mi libro a siete países y me esperaban por delante unos meses maratonianos de promoción, entrevistas y viajes. Y Liam había organizado todo a la perfección para que no nos separásemos ni un solo día.

Cuando llegamos de las Bahamas y le conté a Emma que estábamos juntos levantó una ceja y me observó. Después me advirtió de la "leyenda de los dos meses". *Nadie está con Fred Moore más de dos meses, querida. Toda la suerte del mundo, ya lo sabes.*

Creo que a mí me ha tocado Liam y no Fred. El que mantiene su palabra. El que renuncia a su trabajo si es necesario para asegurarse de que estoy segura. El mismo que me susurra, mientras bajamos en el ascensor antes de enfrentarme a la bestia de la promoción, que cuando pase todo esto nos iremos unos días a un lugar muy especial para los dos.

A una playa blanca y mágica. Supongo que no hace falta que diga dónde es, ¿no? Es mejor mantener el misterio.

Estos son los títulos de la serie HOTEL PARADISO hasta el momento.

Puedes leerlos sueltos o en el orden que prefieras:

Las vacaciones que necesito
El océano que nos separa
El millonario que me espera
El náufrago que la sedujo
La estrella que se esconde
El detective que me sigue
El heredero que regresa
El mafioso que la reclama

CONTENIDO EXTRA

A CONTINUACIÓN PUEDES leer los primeros capítulos de la siguiente entrega de HOTEL PARADISO:

EL HEREDERO QUE REGRESA

CAPÍTULO 1

LLOYD

Mi hermano Luke se estiró en su lujoso asiento presidencial y me miró de forma condescendiente. No tenía muy claro si estaba contento de volver a verme o no. Lo que sí parecía seguro era que no me esperaba.

Él acababa de volver de su luna de miel con su esposa, Erin, y yo salía de una lesión que aún no me permitía volver a las pistas de tenis. Así que pensé que me iría bien un tiempo en casa, en White Meadows, para ver qué tal iba todo por allí y seguir poniendo a punto mis sufridos abductores.

—El heredero se digna por fin a echar un vistazo a sus propiedades —dijo Luke, afilando su ironía.

—Muy gracioso. Yo diría que el heredero eres tú.

—¡Ja! No. Yo solo administro todo hasta que te jubiles como tenista profesional, Lloyd. Sabes muy bien cuál es la voluntad de papá respecto a la propiedad de sus hoteles. Él solo espera que escojas una propiedad y empieces a administrarla. No te vas a librar tan fácilmente...Pero bueno, ojalá todos los problemas fueran eso, ¿no?

Sabía que Luke estaba bromeando, pero había un trasfondo serio en sus palabras. Hacía poco más de un año que nuestro padre, el magnate hotelero Weston Davies, había decidido retirarse y él, mi hermano mayor, había tomado las riendas del Hotel Paradiso, la joya de la corona de su modesto imperio.

Yo, como tenista profesional, estaba de momento exento de ese tipo de responsabilidades familiares, pero a mis treinta y tres años era consciente de que llegaría el día en que tendría que asumir las obligaciones propias de un heredero. Y ese día estaba más cerca de lo que había pensado, sobre todo a tenor de mis últimas lesiones. Iba a estar al menos cuatro meses apartado de las canchas de tenis.

Me levanté, listo ya para abandonar el despacho de Luke. Pensaba que, si me quedaba más, nuestra cordial conversación acabaría en un nuevo sermón de mi hermano. Él nunca me decía abiertamente lo que yo ya sabía: era un buen tenista, un profesional que jugaba torneos y ganaba títulos esporádicamente. No me iba mal con los patrocinadores y varias marcas deportivas me habían dejado sustanciosos dividendos en los últimos años. Pero nunca había sido el número uno. Y probablemente ya nunca lo sería. Era un buen tenista, pero no el mejor tenista.

—¿Dónde vas? ¿Qué tienes previsto hacer hoy? ¿Vas a ir a ver a papá?

Mi padre vivía en una isla vecina con mi madre y algunos miembros más de la familia, dedicado en cuerpo y alma a sus nuevas labores de jubilado millonario: pescar por las mañanas y pintar paisajes por las tardes.

Me encogí de hombros.

—Hummm, no lo sé. Ya sabes que no soy muy bueno planificando. Mi manager suele ocuparse de eso. Recibo un *briefing* cada día con lo que he de hacer, y dónde ir. Supongo que ahora estoy más o menos de vacaciones.

Luke me miró como si no tuviese la menor idea de qué le estaba hablando.

—¿Vacaciones? Yo te puedo dar ideas. ¿Quieres ir a ver a Ellen y convertirte en su sombra durante unas horas? Creo que ella es quien mejor te puede enseñar todo lo que hay que saber sobre...

¿Ellen? ¿Aquella inquietante e insidiosa mujer que te encontrabas en cualquier esquina del resort a horas insospechadas?

—Gracias por la sugerencia, hermanito. Creo que paso.

Me dirigí hacia la puerta.

Mi hermano no había entendido el concepto "reposo" y me temía también que no le había quedado claro el alcance de mi lesión. Supongo que me veía caminar, moverme con cierta normalidad, y no acababa de ser consciente de que no estaba allí para aprender sobre el funcionamiento del hotel. Tal vez había sido una mala idea tomar aquel vuelo a las Bahamas.

—Tomaré el sol un rato —añadí—. En la terraza de mi *suite*. No te preocupes. Si me aburro aquí serás el primero en saberlo.

Me devolvió un gesto de soberano fastidio. Mientras salía del despacho no dudó en soltarme una de sus soflamas familiares amenazantes:

—Si mamá se entera de que estás en Bahamas y no has ido a verla te matará. ¡Y a mí, por alguna razón, también!

Me interné por los pasillos de personal que conducían hasta el gran vestíbulo del Hotel Paradiso. Realmente era un sitio espectacular, el viejo Weston había hecho un trabajo de décadas, literalmente, para convertir aquel trozo de playa salvaje en un sitio en el que cualquiera querría descansar. Pero volver a vivir en una isla, a pesar de que había crecido en ella, no estaba en mis planes de futuro. Prefería seguir en Nueva York, en mi ático de Manhattan, esperando agónicamente el día que tuviese que retirarme de las pistas con carácter definitivo.

Sabía también uno de los motivos por los que tenía a Luke más encima que de costumbre. Para empezar, había caído en su trampa. Había volado hasta las Bahamas por sugerencia suya, para pasar un poco de tiempo en familia y que mi proceso de recuperación fuese algo más "ameno", según él.

Pero no llevaba ni un día en el hotel y ya me había sermoneado varias veces y lo que es peor; había hecho una sutil alusión a mi soltería. Lo maquillaba con preguntas inocentes del tipo "*¿No hay nadie que te interese?*", pero lo que Luke quería decir en el fondo era: "*¿Cuándo piensas sentar la cabeza?*".

Así era nuestra familia, tradicional, aunque a veces llevásemos atuendos propios de un surfero. Luke consideraba que, ya que él había encontrado a su esposa —una de las clientas del hotel— hacía poco más de un año; tal vez a mí podría pasarme lo mismo. Al menos aún no llegaba hasta el punto de querer presentarme chicas o...

Aquí llegó la disrupción.

No podía ser otra cosa que una contundente manifestación del universo.

Mientras torcía una de las esquinas que conducía a la biblioteca del resort, me topé con ella. Con la mujer más espectacular que había visto jamás. Fue muy extraño. Como si mi maldito hermano fuese un hechicero y la hubiese puesto en mi camino con la única intención de llevarme la contraria, de demostrarme que la soltería que me caracterizaba y de la que tanto me enorgullecía tenía fecha de caducidad.

Ese fue el día y el momento en el que me crucé con Selena Katz.

Era menuda, morena, con los ojos verdes y la cara y los labios en forma de corazón. Se sobresaltó ante mi repentina presencia en mitad del pasillo. Me observó detenidamente durante unos segundos y después murmuró un "*lo siento*" que me hizo temer que estaba a punto de desaparecer de mi vida. Lo que sí supe, en décimas de segundo, fue que no estaba dispuesto a que aquel encuentro fuese así de efímero.

En cuanto nos cruzamos me di la vuelta, aguardé tres segundos y la seguí.

Para ser tenista necesitas unos reflejos casi perfectos y yo estaba dispuesto a hacer buen uso de una de mis mayores virtudes como deportista.

Necesitaba ver dónde se escondía aquella mujer, cuál era su guarida y su razón de estar allí, en aquella lujosa mole frente a la playa de White Meadows.

A veces optamos por la solución más ridícula. Seguir un rastro, un aroma, en lugar de decir un simple "hola" y presentarte. Pero aquello, para mí, era una situación novedosa. No estoy acostumbrado a perseguir a nadie. Siempre fui el perseguido. Y, por otra parte, caminar tras los pasos de la bella desconocida me daba algo que hacer. Al fin y al cabo, según mi hermano Luke, andaba demasiado desocupado.

La chica se internó en los pasillos que conducían a las habitaciones que daban a la parte posterior del hotel. Desde las estancias de la parte delantera se podía admirar en toda su magnitud el agua color turquesa de White Meadows. Las que daban a la parte trasera del hotel, aunque estas eran mucho menos numerosas, tampoco estaban tan mal, ya que ofrecían vistas al Monte Jelly y a los exuberantes jardines que rodeaban la parte trasera del complejo. Aquella enigmática y atractiva mujer había escogido el verde, el selvático entorno, la habitación trasera. Y eso, por alguna razón, exacerbó aún más mi interés.

Soy consciente de lo que significa seguir a una desconocida. Aunque sea a una distancia prudencial, sin ninguna mala intención, creyendo obrar por un impulso irresistible dirigido por el más incomprensible de los flechazos. Amor a primera vista, lo llaman. Yo qué sé. Nunca supe que eso existía hasta ese día.

Dios mío, temblé de miedo y de excitación. Tal vez más de miedo. Un hombre enamorado es vulnerable e inestable, no puede pensar con claridad.

Recapacita, Davies, me dije. *¿Qué demonios estás haciendo? ¿De verdad no tienes nada mejor que hacer? Luke no opinaría lo mismo.*

Me detuve, dejé que la distancia entre nosotros creciera, pero no la perdí de vista.

De repente la chica se apoyó en la pared, como si se hubiese mareado. *Oh, oh.* Estaba junto a la puerta de una habitación. Observé cómo sacaba la llave magnética del bolsillo trasero de su falda vaquera. Dio un paso más y volvió a apoyarse, esta vez en el marco de la puerta. Aceleré el paso, decidido a preguntarle si estaba bien, si podía avisar a alguien, o si podía ser su servidor hasta el final de sus días.

Pero cuando estaba a menos de diez pasos de aquel segundo y definitivo encuentro, la misteriosa huésped entró en la habitación 1026 y cerró la puerta, sin darme ocasión a interceptarla.

Me quedé unos segundos parado delante de la habitación, aturdido. ¿Debía llamar a la puerta? No, eso sería demasiado invasivo.

Era extraño. No había notado nada raro en ella cuando nos habíamos cruzado. O eso creía. A lo mejor solo me había quedado obnubilado por su belleza. Es decir, si aquella chica hubiese estado bebida creo que lo habría notado y de todas formas —consulté el reloj— era demasiado pronto para emborracharse, incluso estando de vacaciones.

Habitación 1026.

El número que nunca iba a olvidar.

Se me ocurrió una idea. Pero iba a necesitar que alguien me echase una pequeña mano. Luke habría sido ideal, pero no estaba dispuesto a volver a su despacho para, encima de todo, pedirle un favor personal. Pero Ellen...tal vez Ellen me dejaría husmear un poco en el registro de huéspedes del hotel.

CAPÍTULO 2

SELENA

Estás curada. Está todo en tu imaginación, me dije en cuanto entré en la habitación y conseguí llegar hasta la cama. Aún así, el aire que parecía faltarme no era ninguna alucinación. Tal vez el simple hecho de cruzarme con el mismísimo Lloyd Davies en los pasillos del hotel había apuntalado mis temores iniciales.

Lloyd Davies, el tenista.

¿Qué hacía allí? Me constaba que era un resort bastante exclusivo donde de vez en cuando se dejaban caer algunas *celebrities,* pero era la última persona que hubiese encontrado esperarme en aquel rincón del mundo.

El tenis no es algo que mantenga mi interés de forma sostenida; pero si había algo que captaba mi atención de ese submundo era precisamente él, Lloyd Davies. Siempre me quedaba embobada mirándolo cuando salía en las noticias, o cuando veía algún cartel comercial con su foto. Y saber que estaba allí, alojado en el mismo hotel que yo, era excitante y paralizante al mismo tiempo.

Pero aquello había sucedido en el peor momento posible.

Qué lástima que no pudiese volver a encontrármelo en el pasillo.

Qué pena no poder disfrutar al máximo de aquel paraíso.

Faltaban, en teoría, cuatro días para mi vuelta a casa y los iba a pasar encerrada en aquella habitación.

Maldita sea, Selena Katz. El peor momento para sufrir una recaída.

Todo había empezado hace unos años, cuando estuvimos confinados por la pandemia de coronavirus. Un buen día, recogí mis bártulos de la oficina, ordenador portátil incluido, y me fui a casa. *Van a ser solo quince días,* nos advirtió la responsable de recursos humanos de la agencia de publicidad en la que trabajo.

Obviamente no fueron quince días, sino más de dos meses y medio, y mientras la mayoría de mis amigos se subían por las paredes, yo me atrincheré más y más en el bonito apartamento de Brooklyn que había alquilado hacía poco más de un año. Disfrutaba en secreto del teletrabajo y de no tener que hacer planes. Parece absurdo, ¿verdad? ¿Por qué en secreto?

Porque todo el mundo a mi alrededor parecía estar pasándolo francamente mal. Encender el televisor y ver las noticias era una auténtica pesadilla. Yo, en cambio, disfruté redecorando mi apartamento, convirtiendo uno de sus rincones en mi oficina, cocinando, leyendo libros que tenía pendientes y viendo series y películas a lo grande en la pared, gracias a mi nuevo y flamante proyector.

El problema para mí no fue aquel encierro, no. Lo peliagudo vino después.

Al principio era simple desidia. Después de los primeros encuentros con mis amigos más cercanos observé una extraña sensación en mí: no quería estar mucho tiempo fuera de casa. Primero pensaba que era un simple tema de hábitos y que tenía que acostumbrarme de nuevo a la vida en el exterior. Poco a poco.

Pero un día, cuando volvía del supermercado, sentí que me faltaba el aire. Corrí hasta llegar a casa, y en cuanto cerré la puerta me sentí a salvo.

A partir de entonces cada vez encontraba más y mejores excusas para seguir encerrada en casa. Mis amigos y mi familia se preocuparon por mí, se preguntaban si estaba deprimida, decaída, triste. Y no, la cuestión no era esa. Estaba contenta y tranquila, siempre que estuviese en mi zona de confort.

Cancelaba planes alegremente, pedía a mis amigas que por favor me visitaran en casa, compraba todo *online* y fui una de las más firmes defensoras en la oficina de adoptar el teletrabajo de forma perpetua.

Y todo genial, durante unos meses, mientras estuviese a salvo en casa. Hasta que un profesional me diagnosticó agorafobia.

Un psicólogo *online* me reveló que había desarrollado una intensa ansiedad que se manifestaba cuando pisaba la calle —especialmente si había tráfico a mi alrededor—, cuando paseaba entre rascacielos o cuando cruzaba un puente. Y me esperaba un largo camino hasta la recuperación, porque la cuestión era que yo seguía estando muy cómoda sin salir de casa. Supongo que es lo que tiene ser agorafóbica, ¿no?

Acepté mi nueva situación con serenidad, pero siendo consciente de que, por muy bien que estuviese en mi coqueto apartamento en Brooklyn, quería recuperar poco a poco mi vida anterior. Por suerte en el trabajo fueron comprensivos con mi nueva situación y me permitieron trabajar desde casa, pero hubo mucha gente, en ese año completo en el que estuve encerrada, que se apartó de mí. Tal vez con razón, no lo sé. La cuestión es que convertirte en una persona agorafóbica y que quien realmente quiera verte tenga que ir hasta tu casa te deja bastante claro quiénes son las personas importantes en tu vida y quiénes no.

Esto barrió de mi existencia al que ahora es mi exnovio, Edward.

Eddy no estaba muy dispuesto a compartir tiempo conmigo en casa, aunque eso significase mucho Netflix y bastante tiempo —tiempo de calidad, si me lo permiten— en mi fabulosa cama *king size*. Desapareció poco a poco de mi vida, como un arcoiris que se difumina cuando vuelve el sol.

Pero mi día a día, sorprendentemente, no se oscureció. Eso significa que no acusé tanto la pérdida como creía, que los dos años que había pasado junto a Edward tenían fecha de caducidad y que tal vez no era imprescindible tener un hombre al otro lado de la cama. Tal vez podía dormir sola, en el centro, con los brazos y las piernas bien estirados.

La cuestión es esa: que me costó tiempo, dinero y paciencia infinita salir poco a poco de esa situación. Al principio fueron escapadas furtivas a la terraza del edificio de cuatro plantas en el que vivía. Al cabo de unos meses fueron pequeñas excursiones al *deli* de la esquina. Compraba dulces y snacks como premio y volvía corriendo a casa. Corriendo literalmente. Me ponía ropa de deporte y daba una vuelta a la manzana trotando por la acera. Pasaron ocho meses hasta que hice un intento serio: cruzar a pie el puente de Brooklyn en dirección Manhattan. Craso error. No lo logré. Pero tampoco me rendí.

Seguí saliendo de casa.

Quince minutos.

Dos horas.

Volver a ver una película en mi cine favorito.

En definitiva, puse mucho de mi parte, me centré cien por cien en mi recuperación y me consideré del todo "curada" cuando fui capaz de irme de vacaciones. Y esas vacaciones, las primeras serias en cuatro años, tenían que ser a lo grande.

En las Bahamas. En el Hotel Paradiso.

Porque lo merecía. Porque había hecho un gran esfuerzo para lograr salir de casa. Porque quería recuperar las riendas de mi vida y tal vez, con suerte, conocer a algún tipo atractivo. Y era muy consciente de que no todo el mundo tiene un hueco para viajar en noviembre, así que me fui yo sola.

Subí a aquel avión, monté en el catamarán que me condujo hasta la playa en la que estaba aquel precioso hotel. Nadé en el mar. Participé en algunas excursiones. Pasaron tres días. Todo bien.

Y, de repente, me cruzaba con Lloyd Davies, el tenista más atractivo del circuito profesional, y sentía que las paredes se me caían encima, y que al mismo tiempo las necesitaba para poder llegar a mi habitación, mi único espacio seguro.

Había sufrido una recaída.

Cogí el teléfono que había en la mesita de noche, con las manos aún temblorosas, y marqué el número del Doctor Humphries, mi terapeuta.

No podía atenderme, pues estaba en mitad de una consulta, así que le dejé una nota para que me llamase lo antes posible.

—¿Es por algo urgente? —al otro lado de la línea me atendía Samantha, su asistente.

—Uhm, buena pregunta. Diría que sí. Estoy en un hotel en las Bahamas y...

—Oh, guau. Qué envidia.

—Ya. El caso es que no puedo disfrutar de él como me gustaría ahora mismo. Me temo que mi agorafobia vuelve al ataque. Me encuentro encerrada en mi habitación y no estoy segura de poder salir. Obviamente tendré que pedir ayuda al personal del hotel, pero aún así querría hablar con el doctor.

Oí como Samantha garabateaba en un trozo de papel.

—Señorita Katz —me dijo—, hablaré con el doctor Humphries en cuanto sea posible. Pero si no recuerdo mal ya estaba dada de alta. Hace tiempo, de hecho. Lo que quiero decir es que una recaída en esta situación es algo muy poco frecuente y....

—Es curioso, Samantha. Se me ocurren miles de situaciones parecidas en las que algo así sería motivo suficiente para solicitar un reembolso de dinero. Obviamente no lo voy a hacer, porque no soy un electrodoméstico en garantía, pero te agradeceré, simplemente, que avises al doctor para que me llame en cuanto le sea posible. Muchas gracias.

Colgué el teléfono.

Estaba en el paraíso; no quería enfadarme. Ni escuchar opiniones ajenas sobre mi recaída.

Repté por debajo del edredón blanco e inmaculado y entendí enseguida que iba a tener que llamar a Kayla, la recepcionista, y ponerla un poco en alerta de mi situación. Más que nada para que el personal del hotel se preocupase de alimentarme —o de al menos dejarme una bandeja con comida junto a la puerta de mi celda—.

También entendí que la repentina y hormigueante ilusión que me provocó cruzarme en el pasillo con el guapísimo Lloyd Davies quedaría enterrada desde ese preciso instante, debajo del edredón más confortable del mundo.

Fue bonito mientras duró, Selena.

Aunque solo fuesen segundos.

www.ingramcontent.com/pod-product-compliance
Ingram Content Group UK Ltd.
Pitfield, Milton Keynes, MK11 3LW, UK
UKHW040013200726
13854UKWH00001B/171